두렁에 누운 시

두렁에 누운 시

2024년 12월 11일 초판 1쇄 인쇄 발행

지 은 이 ┃ 조성국
표지사진 ┃ 서유 전담양 시인 제공
펴 낸 이 ┃ 박종래
펴 낸 곳 ┃ 도서출판 명성서림

등록번호 ┃ 301-2014-013
주   소 ┃ 04625 서울시 중구 필동로 6 (2, 3층)
대표전화 ┃ 02)2277-2800
팩   스 ┃ 02)2277-8945
이 메 일 ┃ msprint8944@naver.com

본 도서는 예술인복지재단 후원으로 제작되었습니다

값 10,000원
ISBN 979-11-94200-46-8

조성국 시집

두렁에 누운 시

도서
출판 명성서림

시인의 말

나의 40대부터 60대까지의 삶은 시와 깊이 연결되어 왔습니다. 이번 시집은 그동안 틈틈이 써 온 시들과 문학잡지에 실린 작품들을 모아 한 권으로 엮은 것입니다.

약간의 수정과 보완을 거쳐 저의 졸고들을 출간하게 되었습니다. 이 과정에서 예술인복지재단의 재정 후원을 받았음을 깊이 감사드립니다.

시를 사랑하고 예술인들을 존경하는 마음은 변함이 없습니다.

성경의 시가서를 비롯해 동서고금의 많은 훌륭한 시들을 깊이 감상하며, 그로 말미암아 큰 즐거움과 삶의 성찰을 얻었습니다.

앞으로 더 많은 사람이 시의 아름다움을 느끼고, 시를 사랑하는 이들이 늘어나기를 진심으로 바랍니다.

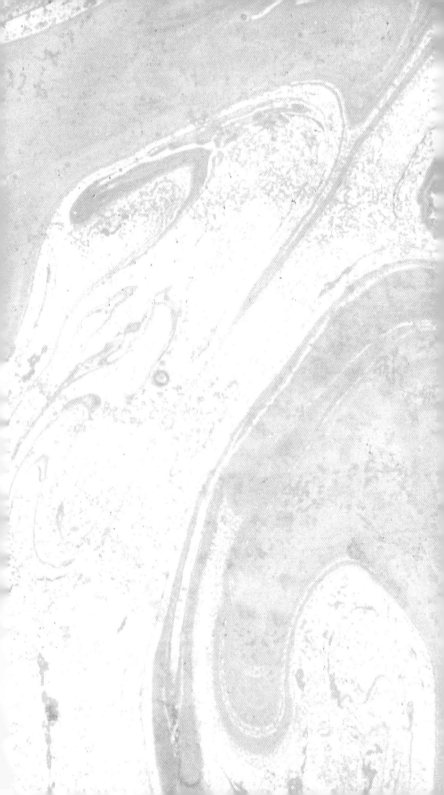

축하의 글

　우리는 매일 삶의 현장 속에서 수많은 글과 이야기, 사람들의 소식을 접합니다. 그중 어떤 것들은 삶의 지혜와 따스한 마음의 감동이 되기도 하지만, 어떤 글들은 화려한 포장 속에 별 볼일 없는 물건들처럼 우리의 생각과 마음을 쓰리게 할 때가 많습니다.

　오늘날 현대인들의 삶은 벼랑 끝에 있는 것 같습니다.

　그들의 삶의 이면,

　그 아기자기한 골목을 찾아가 걷다 보면 따스한 위로의 한마디를 기다리는 한 어린아이의 눈망울처럼 간절함이 느껴집니다.

　오늘 우리에게 찾아온 조성국 시인의 작품들 안에는 힘든 매일을 살아가는 자들을 향한 위로가 가득합니다. 전능자와의 심정을 통한 신령한 고백과 인생의 고개를 넘어가며 감탄과 눈물을 찍어 쓴 이야기들이 가득합니다. 추운 겨울날 한 모금의 찻잔처럼, 산에서 흐르던 강물이 바다를 만나 호수를 이루는 것처럼 조성국 시인의 아름다운 작품들이 당신의 마음을 두드리고 있습니다.

서유 전담양 시인

차 례

▪ 1부 / 첫 항해, 시의 여정

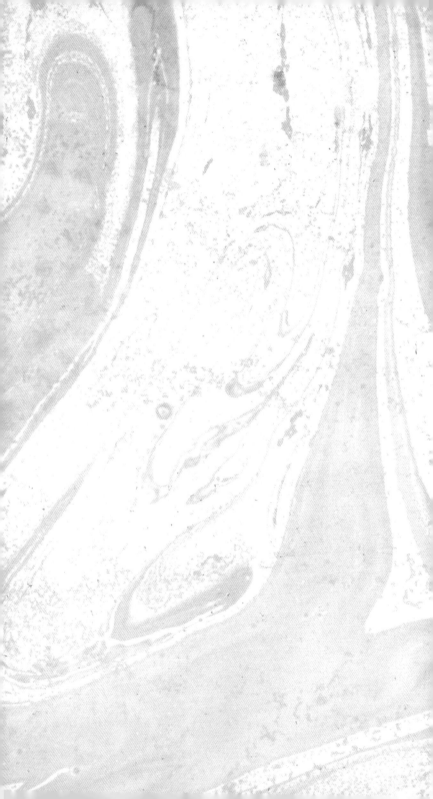

1

첫 항해, 시의 여정

시계

너는 영원히 멈추지 않는
시간의 심장으로
쉬임 없이 세월을 반출한다

파수꾼의 눈빛으로 길을 밝히며
지워지지 않는 흔적을 남기고 가는
삶의 그림자

초침 소리에 몰리는 야반夜半을 지나서
동이 트는 새벽을 향해
유순한 목소리로 삶을 깨우는 신호

오늘도 시계는
하늘을 향해 형체 없이 날아가는
불사조의 꿈을 안고 있다

갈증의 파이프

물이 쏟아질까
푸른 하늘 저 깊숙이에서
철철 흐르는 물소리
마시지 못하고
나의 뱃속에서만
떠도는 구름
하늘의 가슴에
삼백 미터 그리고 오백 미터
긴 파이프를 박으면
콸콸
물이 쏟아질까

광야의 몸차림

모래톱을 밟고 가는 낙타
걷고 싶다

구름 꽃으로 피어난
하늘을 향해
터벅터벅 걷고 싶다

텅 빈 공간을 가르는 새
날고 싶다

군더더기 없는
간편한 몸차림으로
날고 싶다

외로운 장막에서 흥얼거리는 배드윈
노래하고 싶다

가난한 영혼으로
당신을 향해 영가를
부르고 싶다

성찬식

당신의 식탁에 올린
대지의 붉은 젖과
흰 빵

주빈으로 초대받은
가난한 자들의 이마가
환히 빛난다

무수한 일상의 계단 위를 힘겹게 뛰어다닌 맨발들
이제는 멈춰 서서 축복을 받는 시간

티끌 묻은 손으로
빵을 떼고 젖을 마신다
당신의 이름을 부르고
당신의 하얀 손에 입을 맞춘다

세상살이의 생채기
새살이 돋고
뜨거운 피가 돈다
바람 속에 흐려진 얼굴들이
일곱 빛깔
무지개 낯빛이 된다

아버지의 감나무

일흔여섯
황혼의 빗살로 서서
시골집 마당 감나무
붉은 열매들을 보시고
해마다 늦가을이면
단감 한 상자
당신의 손가락에 묻어나는
단맛 애끓는 맛 숨소리 꼭꼭 묶어
택배로 보내시고
자식 향해 팔딱이는 심장
마음 출렁이는 감나무 되어
보이지 않는 그리움만
주렁주렁 맺으신다

감나무로 서서

감나무 한 그루 * 새순의 바람 만지기 * 가지 뻗기 *
송충이 * 목마름을 견디며 * 태풍에 정신 잃고 * 찢긴 가지 *
내 품 안으로 새가 날아오고 * 작은 둥지 * 가지마다 작은 열매들 *
단물이 흐르는 가슴 * 휘어진 허리 * 땅을 움켜잡는 46세 *
하늘 향해 발꿈치 들고 * 땅 냄새가 좋아 * 가훈 = 지혜롭고 순결하자 *
종이 등불을 켠다.

저녁 강의 물안개

물안개가
하얀 들불로 번진다

잠들지 못한 물고기 떼가
지느러미를 흔들면서 다가와
주둥이로
갈대 뿌리 언저리를 툭툭 건드린다

갈대들이 서걱거리고
푸른 달빛이
갈대 사이로 수북이 쌓인다

강물에 녹아드는 달 하나
중년의 내 눈빛마냥
물결 따라
흔들거린다

보름달 마흔여섯 개

내 보름달은 마흔여섯이다
서울에서 바라보는 보름달은
인파에 부대껴 떠밀리는
고향 집의 불빛이다
시골 기와집 한 채로 살아 있는
아버지의 얼굴이다
어어이 하고 고함쳐 부르면
메아리로 달려가는
마흔여섯의 내 얼굴이다

뱅뱅 도는 이름 어머니

내 나이 마흔여섯입니다
당신을 엄마라고 부르며
쑥스러워하는 아들입니다
내 처남은 어머니를 어머니라고 부르는데
살아 계실 동안은
끝내 부르지 못할 것 같은 이름
그리운 이름으로
스치는 이름으로
가슴에만 남아도는 어머니
푸른 함성으로
어머니
하고 부르고 싶은
가슴 터지는 이름
그러나 입 속에서만 뱅뱅 도는 이름입니다
내 나이 마흔여섯입니다

어머니의 동백 아가씨

당신은 하얀 찔레꽃
수수한 무명옷을 입고
시골집에 피어 있습니다
당신은 하얀 손수건
까칠한 손으로
버릇처럼 눈물 찍으시는
하얀 손수건입니다
당신은 달디단 생조깃국
푸른 호박 뚝뚝 썰어 넣고
노오란 기름 둥둥 뜨도록 끓인
생조깃국입니다
당신은 남도 하늘을 수놓는 육자배기
일렁이는 보리밭처럼
언제나 구성진 가락
당신이 즐겨 부르는 동백 아가씨는
봄마다 내 가슴 속에
빨갛게 피어납니다
당신은 소쩍소쩍 우는 소쩍새
늘상 그리움을 낳는
하얀 목소리입니다

아내 I

당신은 강물 위에 뜬 달 깊은 동굴
무언가 담아 둔 갈색 항아리
당신은 평화로운 잠 휴식의 그늘
금싸라기의 유채꽃 웃음
당신은 나의 모습을 볼 수 있는 무대
나의 눈동자
나의 다큐멘터리
당신은 칼의 폭력 나를 쏘는 레이저 광선
당신은 달콤한 포도주 한잔 어둠 속의 욕망의 바람
나를 묶는 끈끈한 거미줄
당신은 내 영혼을 깨우는 자명종
나의 신학교
나를 바라보는 신의 눈동자
당신은 가시에 찔려 피 흘리며 노래하는 가시나무새
새벽 정화수
눈물의 십자가

아내 II

첫눈에 반해
수많은 세월을 같이 보낸 짝이여
당신의 지혜와 사랑
삶의 아이디어는
베스킨라빈스 아이스크림의 슈팅스타처럼
톡톡 튑니다
당신의 훈훈한 마음은
추운 겨울날
붉은 작약꽃 같은 팥물에 끓인
진한 팥칼국수입니다
당신과 함께하는 시간은
식탁 위에 놓은 바게트 빵을 씹으며
행복합니다
문득 당신과 여행하고 싶은 날
이국적인 헤이즐넛 커피 향의 목소리로
당신은 다가옵니다

선물

푸른
오월이다
덩굴장미는
훗배앓이를 하는 산모
부푼 젖가슴
야들야들한 울렁증으로
밤새
달뜬 몸을 뒤척이더니
오늘 아침
훈훈한 바람에
가지들마다
붉은 웃음

기타의 목구멍

줄에 걸렸어
내 붉은 마음이
줄 사이에 끼었어
흔들거리다가
네 가슴 깊숙이
네 눈빛 바다 속으로
풍덩 빠지고 싶었지

줄에 걸렸어
튕겨질 기억도
줄 사이에 끼었어
흔들거리다가
네 입술 사이로
네 목구멍 깊숙이
숨고 싶었지

샐러리맨의 발바닥

눈티 속에 든 별들은 빛나는 별들이고
빛이 움트는 별들을 쏟아내는 새벽은
별들의 광장이다
눈빛은 팽팽한 활시위이고
활시위를 당기는 것은 내 발자국에서
일어나는 바람이다
오늘 하루 나의 이상은 날쌘 고양이
날쌘 고양이가 나의 꿈을 물고 희끄무레한
도시의 어둠 속으로 뛰어간다
어둠 속에서
헤드라이트를 켜면
별들이 나의 이상을 먹고
뜨거워지는 내 발바닥을 바라본다

노을빛 주소

한 줌의 그리움은 불타는 눈빛이다

눈빛은 내 당신의 뜨거운 심장이다
순무빛 새벽노을을 끌어안고 웁니다

새들이 집 지으며 하늘의 바람 되는
낮에도 내 당신의 눈동자 그 속에서
석류빛 노을이나마 끌어안고 삽니다

노을아 구름들아 땅 위에 흩어져라
그래도 가득가득 그리움 쌓여지고
노을빛 내 당신에게 나의 주소 드립니다

그네 타기

허공에 매단
웃음소리다

밀고 끄는
황금마차다

비둘기 울음
황혼의 에덴동산

깔깔거리는
함박꽃들이

삼삼오오
피어난다

벗나무 아래서

흰옷 입은 성직자다

두 손을 들고 있다

축사하는 손에
듬뿍 들려 있는

비록 떡과
포도즙이
없을지라도

스치는 바람 앞에서
꽃잎으로
베푸는 세례

하얗고 부드러운 손들이
나의 가슴에
와 닿는다

별

하늘에 박혀 있다
총총이
눈 속까지
고향의 별들 속에
당신이 날아올라
하루에 수백 개도 더
쏟아져서 내린다

날마다 박혀 있다
수백 개 별들 속에
고향의 울 아버지
기침은
마음 밭에
오늘도 귀 기울이게 몸살 짓는 별 마당

수염 깎기

날이 선 칼날 앞에
무리 지어 저항의
스크럼을 짠다

새벽 기침 소리와 함께
날마다 죽는 삶이
날마다 창창히 솟아오르는 삶이

소리 없는 함성들에 묻혀
거품 되어 사라지고

알파와 오메가로 공존하는
꼿꼿한 짧은 생애

살 속 깊이 뿌리로 남아
거울 속을 엿본다

늦가을

바람 속으로 떠나갈 들풀들이
무수한 나비 떼 되어
빈들에 앉아 있다

풀어헤친 햇살을 안고
영혼의 아픔을
노래하는 걸까

마른 풀 향기에 취해서 흔들리는 산 그림자

혜살거리는
산까치 울음소리
나무들의 침묵
수도자들의 긴 행렬이다

은행나무

바람이 길 밖으로 끌어낸
지나가는 네 가슴
내 소유로 된 땅에
뿌리내린
이주移住의
나의 성채다 자그마한 내 소유

간혹은
노을 속에 새 떼들 날아가고
허공에
흩어지는 손짓을 불러오는
수천의
노란 손수건 하늘 나는 내 소유

달빛 소묘

달빛이 강변을 쓸어내린다
벗겨진 어둠이
강물 속으로 빠지고
어둠과 함께 달빛을
나누어 먹은 물고기들이
제 몸에서 빛을 낸다

생애 중 언제
빛으로 살아갈 그날 그리워
나는
달빛 환한 강물을
한 사발 가득 떠 마신다

내 몸속을
환히 비추며 번져 가는 달빛이
발밑에 밟힌 잡풀들까지 비추면
어둠이 밀려 나간 빈자리엔
어둠의 울음이 흥건하게 고인다

밤새
숲의 요정들이 나뭇가지에 걸린
달의 얼굴을 하얗게 닦는다

2

사진첩이 내게 말하는 것

아내의 노래

시골 땅에 자라난 어린 시절
부자의 삶과는 멀리한 가난의 그림자
산과 바다 갯벌의 품에서
소박한 꿈을 키운 시골 소녀의 삶

서울로의 이사 새로운 시작
부모가 일터 가면
어린 장녀가 동생들을 돌보면서
희망을 품고 학문의 전당을 이수했네

남편과의 결혼 가진 것 없는 그러나 뜨거운 시작
가난 속에서도 신혼의 향기
공룡의 이빨처럼 강한 사랑
두 딸 위해서 무엇이든 삼켜냈네

26년의 직장생활과 희로애락
이미 열심히 살았으니
딸들아 너희는 나보다 더 잘살아야 해
너희의 힘으로 아름다운 삶의 길을 걸어가렴

"자매는 기분 좋은 말이란다"
묻지 말고 매일 아침
소중한 것의 의미를 깨달아라
이 노래 밝은 달을 기다리며 읊조리네

노래 끝에 솟아나는 깊은 정
가족의 사랑 영원한 힘으로 남아
앞길을 비추는 빛이 되리

늦더위 씨앗

서른 중반에 품은 어린 두 딸이
아내 곁에 눕는다
아내는 딸을 껴안으며
눈과 눈 입과 입을 맞춘다
딸들이 아내 곁에 있을 때
아내는 붉은 맨드라미가 된다
온몸으로 붉게 타오르며
열대야 눈빛이 된다
한 덩어리로 간직한
햇살보다 더
발간 웃음들
잘 익은 씨앗으로
툭툭 터트린다

머리 빗기

아내 무릎 가까이
어린 딸이 다가온다

"엄마가
머리 빗겨 줄게
머리 자주 빗으면
머릿결이 윤기가 나고 좋다"

아내의 눈동자에
불이 켜진다
접시꽃처럼 환한 눈빛
손바닥을 펴고
열 손가락
팽그르르 돌려
검은 머리카락
열두 폭 치마
사르르 풀리듯
더운 가슴을 펼친다

자매

  디지털에 밀려난 아날로그의 생각으로 꽉 채운 시 그래놓고 잘 쓴 시지? 했다 시적으로 황야 같은 세대에 사는 딸들에게 너희는 아빠와 다르게 살아야 한다고 시를 썼다 내가 쓰는 언어는 딸들에게 거울 같고 부딪히는 부싯돌 같아 내키지 않은 표정이다 공감과 소통이 너무 부족하다 더 세련되어져야 할 시다

오월을 딸들에게

  악어 같은 이빨로 무엇이든 찢고 삼키는 포스트모던적 생각 불확실성의 시대도 오월의 여왕 앞에선 순한 애완동물이 된다 오월은 환한 미소다 화장化粧으로 살아나는 아침엔 붓꽃으로 오후엔 튤립으로 저녁엔 빨간 장미로 피어나는 딸아 하얀 찔레꽃 같은 세상 속의 딸아 은방울꽃 같은 너 소중한 존재

부부의 교향곡

사소한 일로 다투고
과거를 끄집어내며
치열한 눈빛
⋯ 되돌이표

화를 내는
목소리가
폭풍처럼 울린다
⋯ 포르테

침묵 속에서
저녁을 나누며
조심스레 아이들 이야기
⋯ 이음표

베토벤의 영웅처럼
운명은
우리의 삶에 흐른다
⋯ 칸타빌레

사랑법

나의 사랑은 숨은 샘물
생의 뿌리를 적시는 물줄기
나의 사랑은 내 나이만큼의 쉰여덟
가족을 위해 그만큼 낡았다
나의 사랑은 온종일 일한 몸
빵을 위해 뜨거워진 발바닥
나의 사랑은 때로 거짓말
립스틱 바른 입술처럼 아름답게
나의 사랑은 신 앞에 선 맨발
이것이 나의 주소 나의 자아상

시작노트

사랑이 무엇이며 사랑을 어떻게 표현할까? 필자는 나의 사랑 (A)를 샘물, 쉰여덟 나이, 몸, 거짓말, 맨발(B)로 비유하였다. A와 B 간에 상호 충돌과 낯설게 작용하는 구조를 통해 삶의 원리 즉, 사랑을 표현해 보고자 했다. 내가 생각하는 사랑법은 이질적인 A와 B가 동격이 되고, 하나가 되고, 화해가 되는 사랑이다.

아버지의 그림자

침침한 눈빛 속에 심지가 피어난다
일흔아홉 해의 깊은 세월
한쪽 귀는 대문처럼 굳게 닫히고
기침과 가래가 섞여 나오는 소리
건강을 위해 출근하는 일터에서
석양을 등지고 무겁게 내딛는 발자국
언제 깨질 지 모를 얇은 유리컵처럼

초겨울꽃 산다화

십일월의 끝자락과 십이월의 시작에
꽃을 피우며 환하게 웃는구나
여든 아홉의 어머니가 넘어져
머리를 다쳐 중풍으로 잘 걷지 못할 때
어머니의 쾌유를 기원하며 심었던 꽃
내 바람처럼 병을 이겨 내고 일어나
웃음을 되찾고 마당 옆 텃밭에서
꽃을 보는 어머니의 모습을
보았으면 좋겠다

아버지의 수저

어머니 삼 년 전에 돌아가시고
아버지 나이 아흔셋

마음속에 분묘를 차리셨네
눈 어둡고 손발도 여위었네

한 번의 이별로 공수래공수거
한 움큼 약과 지팡이만 남았네

식탁 위에 놓인 수저가 외롭네
벽시계 소리는 두견이 울음 같네

밥 한술에 국 한술 뜨며
말조차 잊어버린 허허로운 눈빛

향기 속의 기도

3월
마당의 감나무 아래에서
천리향이 피어
흰색 꽃과 분홍색 꽃들
폐부 깊숙이 스며드는 향기
이 향기를 향수병에 담아
병원 침대에 누워 계신 아버지께
코끝에 스며들게
가져가고 싶다

아버지의 미소를 다시 보고 싶어
이 작은 기도가 향기처럼 퍼져 나가
의식 없는 어둠 속에서도
빛을 찾아가길 진심으로 바라며

쓰러진 의자

아흔셋의 아버지
어느 날 쓰러져 머리 다치고
병원에서 인생 책을 덮었다

비바람과 눈보라 세월 속에
가족의 의자였던 아버지
누구나 그 의자에 편히 앉았다

무릎이 아파 넘어진 의자
쓰러진 의자는 세울 수 있는데
아버지는 일어나지 못했다

추억과 목소리
자식들 바라보던 시선
영정 사진으로 서 있다

3

시의 발자취

깨달음 1
수풀 속 벌집

수풀 속 숨은 벌집
조용히 지켜보던 나
호기심에 손을 내밀었지
그 순간 아찔한 통증이 밀려와

작은 세계의 법칙
남의 집을 건드리면
벌들은 화가 나서
내게 쏘아대고 말지

따끔한 고통 속에
나는 깨달음을 얻었네
서로의 경계를 존중하며
조심스레 살아가야 함을

자연의 법칙 무심코 어긴 죄
이제는 알겠어
남의 집은 소중하다는 것
그리고 나의 손도 조심해야 한다는 것

깨달음 2

거미의 집

날개 없는 거미
나무 사이 공중에 매달려
어제 걷어 낸 거미줄
빈 공간 속에서 다시 집을 짓는다

월세 실패의 그늘
무능력의 그림자에 눌려
나는 손 놓고 살아가지만
그 거미는 포기하지 않네

칠전팔기
재활의 의지로 다시 일어나
실망의 마음을 버리고
또다시 도전하는 그 모습

새벽이 밝아 오고
희망의 실타래를 엮어 가며
거미는 오늘도 집을 지어
나는 깨달음으로 나아간다

깨달음 3
자랑거리

젊은 날의 친구들
모이면 자랑이 넘쳐 나
좋은 직장 인맥과 재산
명문 학교 출신 빛나는 가문
그 시절의 화려한 꿈들

하지만 세월이 흐르고
나이 들며 만나는 우리
무슨 자랑이 남아 있을까
과거의 영광은 잊히고
그저 주름진 얼굴을 바라보네

이제는 자랑 아닌
따뜻한 이야기로 채워지네
힘든 날도 웃음으로
서로의 삶을 나누며
진정한 자랑은 그 안에 있음을

삶의 중간에서

어느새 육십 대 후반이 되었다

뛰어가면 숨이 차고 어지러움이 밀려온다
아랫배는 마치 임산부처럼 불룩하게 나왔다
목주름과 손등의 피부는 늘어져만 간다
잠잘 때 코골이가 심해져
내 몸을 아기처럼 애지중지 다룬다

무슨 일이 일어나고 있는 걸까

건강기능식품에 손이 간다
백세인생이라는 말에 위로받는다
처지는 어깻죽지를 곧추세운다
가끔 병듦과 죽음을 떠올리며
신 앞에 선 단독자의 자아를 묵상하다
문득 놀란다

대화

마흔일곱의 나이
비가 내리던 늦가을 오후
1층 창가의 큰 벚나무
바람에 나뭇잎들이 떨어지고
그들의 마지막 춤은
우아한 슬픔을 담고 있었지

빗방울들이 추적추적
땅에 떨어져 내리며
내 마음의 깊은 곳
오래된 기억들을 그리움으로 적셔왔지

한때의 푸르름은 잊히고
갈색으로 변한 추억의 조각들이
휙 스쳐 지나가며
나는 그 속에서
수많은 나를 마주했었지

이제는 예순일곱의 나로 서 있는 나
아직도 삶의 무게는
덜컹거리는 수레처럼
홀가분하지 못하고 무겁네

늦가을은
인생의 깊이를 알려 주고
40대의 나와 60대의 나는
서로를 품에 안으며
시간의 흐름 속에
생의 의미를 새겨 가네

고통의 연대

고통은 어디에나 존재한다

동서남북으로 가는 길 위에
고통의 발자국을 남기며 살아가는 인생이다
이 세상 차가운 돌바닥 위에
우리의 발자국이 선명하게 남고

그 길 위에 서면
발자국이 찍힌 그곳에서
바람에 실려 오는 속삭임
"아, 이러이러해서 아팠겠구나"

동쪽 하늘 해가 떠오르는 동산 아래
눈물샘이 터져
남쪽으로 흐르는 강물처럼
눈물은 흘러가고
그 흐름 속에 담긴 이야기들
서로를 토닥이며
상처를 어루만진다

서쪽에서 부는 바람은
우리의 아픔을 알고
황홀한 노을빛으로 눈물을 물들여
조용히 마음을 적신다

하늘을 우러러보며
너의 손을 잡고
우리는 기도와 대화를 나눈다
함께 일어설 수 있음을 믿는다

이런 날

낭만시를 읽으며
짝사랑으로 애태웠던 청춘을 돌아본다

어느 가수의 '홍시' 노래를 들으며
가슴이 아려오는 부모님에 대한 회상이
떠오른다

한정식을 먹는 중
같이 먹고 싶은 아내와 딸들의 얼굴이 떠오른다

가끔 이런 날이 있다
과거와 현재 미래가 서로 겹치는 날

어떻게 살아가야 할까

서리 맞으면 시들
풀과 같은 인생임을 잊고 삽니다

매정한 삶을
마음속으로 탄식한다

생각이 눈빛이 언행이
손해를 보지 않으려는
수십 년을 이렇게 살아왔다면
주를 내가 바라보게 하소서

코람데오!
영혼이 떨린다
바닷가의 몽돌처럼 깎이고 싶은 나
비바람과 눈보라 앞에 선다

막걸리 웃음

어떤 이는
그의 웃음소리
복분자주처럼 달콤하게 퍼진다
잔을 기울일 때마다
달빛 아래 잔잔한 파도처럼
마음속 깊이 스며든다

어떤 이는
성난 목소리로
막걸리의 신맛을 풀어낸다
껄껄 웃으며
고된 하루의 피로를 씻어 내고
그 안의 쓴맛을 잊게 한다

어떤 이는
숨죽인 울음이
발효 중인 듯
조용히 쌓여 간다
이내 그 눈물은
막걸리의 풍미처럼
서서히 깊어지고
마음의 주름을 편안히 감싼다

어떤 이의
취한 말은
헤퍼서 무게를 잴 수 없다
그의 이야기는
술자리의 정이 되어
모두를 감싸 안으며
한 잔의 막걸리처럼
부드럽고 따뜻하다

세대 간의 차이를 넘어

세대 간의 차이 그 간극이 깊어
우리의 세월은 흐르는 강물처럼
이리저리 그렇게 흘러가면
각자의 세계 저마다의 길을 찾아

젊은 날의 소리 시끌벅적한 꿈들
이러쿵저러쿵 조용히 간직한 채
서로 다른 이야기를 풀어내며
새로운 세상 그들 손에 피어나는 꽃

우리는 서로 다른 하늘 아래
하지만 같은 별빛을 바라보며
세대 간의 차이 이해의 다리
서로의 이야기를 나누는 시간

이러니저러니 그렇게 말하며
그들 세계 그들만의 색으로
우리가 함께 걸어가는 길 위에
세대의 차이를 넘어서 함께 피어나는

안개 속의 사랑

그까짓 안개
눈에 비친 흐림 속에
내 마음은 사랑인데

안개처럼 흩어져
하나로 어울리지 못하고
그럼에도 사랑은 남아

마치 안개가 사랑을 가리듯
가끔은 희미하게 보이고
가끔은 완전히 사라져

하지만 나의 사랑은
항상 네 곁에 있을 거야
흩어지지 않을 거야

사랑은 늘 흐릿하고 모호하지만
그 안에서 우리는 서로를 알아가고
서로를 사랑하며 영원히 이어질 거야

노년의 사람들

하늘의 동아줄을 붙잡고
노년의 삶을 지탱해가는
늦가을 잎을 떨어뜨리는 나무들처럼

주름살에 새겨진 시간의 흔적
힘겨운 발걸음으로 하루를 걷는다
불편한 몸과 함께 그들은
옛날이야기의 주인공이 되어

그 안에는 풍요로운 지혜가 숨 쉰다
아름다운 추억 소중한 노래
오르막길과 내리막길 그들의 걸음
겨울을 준비하며 세월을 갈무리한다

한 영혼을 잃어버리면

내가 잃어버린 영혼이 있네
호주머니 안의 지갑에서
답변 없는 손안에서
눈에서 잃었네

내가 잃어버린 사람이 있네
방문객이 떠나듯이
실험 결과가 실패하듯
그렇게 잃었네

사람과 사람 사이의
수많은 인생을 잃어버리고
그 사람의 인격과 개성과 존재를
잊고 살아야 하네

무게로 잴 수도 없고
부피로 잴 수도 없는 인간관계
소통 부족은
그 사람의 장점과 잠재력까지 잃게 하네

어둠 속의 이야기

허투루 부는 바람에도
돈의 색을 닮은 낙엽이 우수수 떨어진다

쌈지 공원 네 평쯤 되는 정자에
때 묻은 이불
시큼한 냄새 풀풀 풍기고
까치집 같은 머리
밤마다 보이는
두 명의 노숙자 사내

달빛에 타고
별빛에 타서
약간 누렇게
약간 검게 야윈 얼굴로
소주잔 뒤집으며
십년지기처럼
무슨 이야긴가를 하고 있다

무슨 일로 저리 됐을까
가로등 불빛에
어슴푸레하게 돋아나는
어지러운 상념들
흔들리는 두 개의 실루엣이
사라질 듯 말 듯
불안하다

봄

봄은
물결처럼 가볍습니다

봄은
살랑바람으로 옵니다

봄은
바다를 쓰다듬으며

봄은
사람들의 눈을 바라봅니다

비의 연대

시시한 것들도
모이면 힘이 생긴다
실비로 내리는
떨어진 빗물들이
가느다란 실개천을 만들어
시시하게 흘려보내지만
그물이 되어 만나면 호수가 되어
깊이를 알 수 없는 어머니의 젖줄이 되고
장마철 육칠월의 폭포가 되면
소리 지르는 장정이 된다

시시한 것들이
키가 크고
목젖이 굵어지면....

빈집의 노래

텅 빈 집이 있어요
아무도 없는 곳이에요
창문은 어둠에 가득해
바람이 스쳐 지나가네요

벽에는 그림 하나 없이
흰 벽지만이 가득해요
그 속에는 추억이 묻혀
조용히 남아 있네요

문은 닫혀 있고
방이 텅 비어 있어요
한쪽에는 작은 책상이
아무도 없는 틈새에 서 있어요

빈집이지만 따스한 공간
한적함이 느껴져요
여기에는 어떤 이야기가
숨어 있을까요

빈집에는 사람이 없지만
그 속에는 삶의 흔적이 있어요
남겨진 이야기들이
언젠가 다시 떠오를지도 몰라요

텅 빈 집이지만
그곳에는 희망이 있어요
누군가 다시 찾아와서
이 집에 삶을 불어넣을지도 모르겠네요

라일락꽃 향기

라일락꽃도
사람이
보고 싶어

낮은 담장 위로
화장한 얼굴을
내민다

해가 쫙 비치는
오전 11시 길가

발걸음을 멈추자
눈과 코가
탄성을 지르며
호강을 한다

라일락꽃 눈빛

오늘은
아무래도 일찍
집에 들어가야겠다
외출 때 보았던
한 무리의 라일락꽃이
활짝 피어
상큼한 향기 토하니
저녁 식탁에서
당신과 꽃 이야기를 해야겠다

지친 몸이라도
당신을 보고 웃으면
손을 뻗어
당신의 흥얼거림을 만지면
당신의 눈빛 정원은
연보랏빛 라일락꽃으로
가득 차겠다

부활절

삼동설한에는
땅도 얼고
물도 얼고
풀과 나무도 죽은 듯한데요

새봄엔
땅도 물도
풀과 나무도
살아서 기지개를 켜는
역전의 삶을 산다

사순절의 십자가가
부활의 아침을 거느리고 와서
죽음과 생명이
무엇인지를 가르치는
역전의 삶

내 인생에도
역전의 삶을 기대한다

바닷가 어느 낚시꾼을 보면서

혼자 있는
영혼의 시간은 바다다

파도의 낙원에서 숨죽인 갯벌
신원 미상의 낚시꾼의 방문

낚싯바늘이 끌고 나오는 한 생
물고기의 투명한 눈망울이 슬프고
내 생은 물고기와 닮아

골고다 언덕이 열리고
죽음의 귀착점
죄와 벌이 비리다

서울숲에서

4월 중순
딸 생일에
서울숲에 갔다
오랜만에 가족 나들이다

큰딸은
삼월에 생일
둘째 딸은
사월에 생일

꽃밭 사이에 서서
사진도 찍고
아내는 딸들과 함께
쓰담쓰담 토닥토닥

아 그리고
아내와 내가
덕담하는 재미도 있었지

홍매화

남녘땅 3월 초
잎보다 꽃 먼저 핀
홍매화

청아한 향기
콧바람으로 들숨 날숨
사랑꾼의 시선
두근두근 심장이 뛴다

잔칫상 받은 기분이다

움직여야 산다

들오리가 냇물에 떠 있습니다
눈에는 안 보이지만
두 발을 물속에서 젓고 있지요

경쟁 사회에서
죽은 자는 말이 없고
산 자는 살기 위해
열심히 움직여야 합니다

움직일 수 있는 건강이 부럽습니다
두 발에 힘을 주고
두 손에 힘이 있을 때는
여기저기 자유롭게 다니십시오

여행도 하고
맛있는 음식을 먹는
사람은 얼마나 행복합니까

지하철역에서

많은 사람이
내 앞을 무심히 지나쳐 가기에
슬쩍슬쩍 보는데
얼굴들이
초면이든 구면이든 정이 가는데요

비슷한 나이 또래의 얼굴들이
흰머리와 주름살과
근엄하게 굳은 표정으로 지나칠 때
잘 살았든 못 살았든
치열하게 살았던 흔적들이 느껴져서
같은 시대를 살았던 동질감으로
정을 느낍니다

누구의 아버지요 어머니요
형님이요 누이들일 텐데
어디를 향해 저렇게 바삐 갈까요
역사 안 대리석 바닥에
그림자 늘어뜨리며
뿔뿔이 흩어져 가고 있네요

4

꿈꾸는 심장

일출

어둠과 빛이 만나는 눈
빛의 세계를 열어가며
일을 성취하시는 여호와여
열려라 에바다!
어둠 속에서 빛으로
솟아오르라
하늘 위에
물속에
땅 위에
땅 아래 있는 것들
모두를 부르는 아침
빛으로 가득한 새벽의 여명

창세기의 노을

산맥을 헤치며 내려오는
황혼의 노을

빛나는 구름 위에 닿은 노을은
빛바랜 하늘을 물들여 갑니다

손가락에 묻어나는 노을빛이
서서히 두 눈에 스며들고

하늘에 손을 뻗어보면
그분의 영광이 비추는 걸 본답니다

하늘에서 온 힘

하늘에서 온 빛
하늘에서 온 낮과 밤

하늘에서 온 바람과 구름
하늘에서 온 비의 속삭임과 눈의 부드러움
하늘에서 온 햇볕

하늘에서 온 시간
하늘에서 온 계절
하늘에서 온 생기

하늘은 생명의 시작
하늘의 생기를 받아들이자

땅에서 온 힘

땅의 생수를 마신다

땅에서 온 곡식과 채소
땅에서 온 나무와 과일
땅에서 온 노동과 휴식
땅에서 온 음식과 의복
땅에서 온 가정과 쉼터
땅에서 오는 힘이다

땅은 하늘의 정원
착한 농부가 되어 땅을 가꾸자

땅에서 온 먹거리

땅에서 온 먹거리들의
맛과 향기

땅에서 온 단맛
땅에서 온 짠맛
땅에서 온 신맛
땅에서 온 쓴맛
땅에서 온 매운맛

땅은 먹거리의 요릿집이다
여기서 함께 나누자 조반을!

인생 도처 주 은총

집에 있을 때도 길을 걸을 때도
누웠을 때도 일어날 때도
일을 할 때도 쉴 때도
여호와의 은총이 내 곁에 머물러
인생의 모든 순간에 함께 하네

여호와의 복이 나를 감싸고
어디서나 무엇을 하든
내 손에 쥔 모든 것에 가득하여
내가 걷는 길마다 형통의 꽃이 피어나리
나는 그 은혜를 확실히 느끼네

봄 파도

당신은 내게 사랑입니다

미풍에 실린 나의 흰 웃음
종일 즐겁고 생기 있는 당신과의 입씨름
어깨를 들썩이며 추는 나의 어깨춤
가지런한 흰 이빨로 유채꽃 다발을 입에 물고
나는 끊임없이 당신에게 다가갑니다

당신은 내게 고통입니다

깊은 그리움으로 바위를 때리는 나의 앓는 소리
당신을 사랑하기에 바닥 모르고 내려가는 어두운 가슴
이거나
부드러운 바다풀과 붉은 산호 숲에 숨긴 부끄러운 나의
심장
울컥 화내는 번개 치는 당신의 몇 마디 말에 나는 하얗
게 눈물 흘립니다

당신은 나의 연인입니다

무뚝뚝한 겨울도 지나가고 해파리의 하얀 촉수로 반짝이는 봄 햇살을 씻는 나의 심성은 부드럽습니다
먼바다 해류를 타고 하늘 가장자리를 찾아가는 나의 푸른 발걸음은 가볍습니다
당신에게 간다면 백주 대낮이나 보름달을 머리에 이고 가는 한밤의 먼 항해도 나는 좋아합니다

광야의 시편

　사해 근처 나는 광야를 구경하기보다는 광야의 심연으로 걸어간다 사해 근처 허물어진 붉은 땅이 내 발밑에서 느껴진다 그 감촉이 좋다

　태양이 찬란하게 비치는 정오 광야의 심연으로 걸어간다 반짝이는 발자국들 목이 타오르지만 이렇게 넓게 펼쳐진 붉은 광장이 또 있을까

　광장 바닥에 새겨진 붉은 시편 이런 시편이 또 있을까 난 뜨거워진 심장으로 신의 시편을 속삭인다

메마른 광야의 사랑 노래

　뜨거운 태양 아래 타오르는 가슴을 적시는 땡볕은 덤불 위로 불꽃을 피운다
　씻겨진 마음으로 바람을 느끼며 긴 시간을 엎드려 고해성사 붉은 심장이 흔들리며
　내 울음소리 모래알 속에 묻힌다 모래밭에 남긴 내 생의 껍질 그림자들을 주섬주섬 모아
　붉게 물든 노을에 태운다 스스럼없이 드나드는 당신 하늘에서 가장 빛나는 별꽃들
　내 가슴 속에 떨어져 환하게 마음을 물들인다 메마른 광야 황량한 땅 위로 사랑의 노래를 부르리 당신과 함께하는 이 뜨거운 여름날의 꿈

길 4

길을 걷다가
시인이 되었다
어린 딸들의 손을 잡고
담을 넘는 나뭇가지를* 스치는 순간
시가 나에게 왔다

길이 시를 내고
딸이 시가 되고
나뭇가지를 꺾어
담벼락에 시를 적을 때
햇살과 바람이
시에 해설을 달았다

---

* 구약성경 창세기 49:22, '요셉은 무성한 가지 곧 샘 곁의 무성한 가지라, 그 가지가 담을 넘었도다.' 아버지 야곱이 아들 요셉을 축복한 말로써 요셉 가문의 풍성함을 예언한 것이다.

길 5

여우도 굴이 있고
공중의 새도 집이 있지만
오직 인자는 머리 둘 곳이 없다*
시골길을 가실 때
그분이 말씀하셨다
심곡동 은행나무 가로수에 가려
숨바꼭질하듯 숨은
상가 2층 교회당 건물
창문 열면 온종일 차 소리가 시끄럽지만
머리 둘 곳을 그분이 주셨다

---

* 신약성경 마8:20, 눅9:58, 인자는 예수를 의미한다.

빈집

고요와 어둠은
빈집에서 그늘을 찾는다

이 집을 사랑했던 사람은
어디로 떠나갔을까

마당엔 풀들이
뿌리 깊게 그리움을 품고 있다

소음을 싫어하는 이웃집의 담장이
빈집을 조용히 지켜보고 있다

부고의 소식

친구의 부고 소식을 듣고
육십 대 후반의 나를 돌아봅니다
고령화로 인해 종착역이
점점 가까워짐을 느낍니다

이 넓은 세상에는
위에서 부르면 언제든지 가려는
나그네 영혼들의 생로병사가
가득하다는 것을 알게 됩니다

우리의 한평생 햇수가 칠십이요
강건하면 팔구십인데
한숨처럼 끝나버리는
남긴 것은 수고와 고통뿐입니다

주름진 목과 손등의 피부
늙은 머리는 갈수록 희어지고
목숨을 먹는 세월
죽음과 영생을 깊이 생각합니다

기도의 순간

햇빛이 환한 황금빛 창가
가습기가 김을 내뿜고
침대마다 몇 명의 입원 환자들이
말없이 누워 있었다
아이의 등에 손을 얹고
쓰다듬으며
조그만 소리로 기도를 했다
'미끄럼틀에서 미끄러져 다친' 하는데
갑자기
'미끄럼틀에서 떨어진 건데' 하며
기도 중임에도
아이의 맹랑한 지적에
어색함에 짧게 기도를 마쳤다
왜 그 순간
웃음이 나오려고 했는지
생각하며 걸어가는데
화가 난 아내의 목소리가 들렸다

"어떤 목사는 심방 가서
너무 짧게 기도해
성도들이 싫어하는 목회자가 있고
어떤 목사는 기도할 때
와이셔츠가 땀에 젖는 목회자도 있는데
왜 당신의 기도는 소리도 작고
짧은가요?"

식사 한번 합시다

반가워요
오랜만에 뵙습니다
지인과 스치듯 만나
나누는 인사말입니다

그냥 목례만 하고 헤어졌는데
왠지 모르게 뭔가 아쉬워
뒤돌아보면 저만치 가고 있는 중입니다

아 식사라도 함께할 걸
못내 아쉽다는 생각이 듭니다
헤어지고 난 후에는
항상 늦다는 것을 알게 됩니다

5

낮과 밤, 계절과 날들

구름 1

가장 예쁜 구름을 봤니
우리 둘이 만났던 날 그 구름이 기억나

그날의 기억과 함께
서로를 향한 노을빛으로 물드는
우리만의 세계를 품은 하늘

그 속에는 너와 나의 비밀
사랑의 약속과 속삭임이 녹아 있는
둘만의 세계를 품은 구름

우리 둘의 눈빛이 구름처럼 자유롭고
하늘처럼 넓게 펼쳐져 있어
마음이 흩날리는 이쁜 구름을 그려 줄게

구름 2

구름은 스스로 빛나지 않는다
태양과의 컬래버로 빛난다

구름은 스스로 떠다니지 않는다
바람과의 컬래버로 떠다닌다

너와 함께 하는 매 순간이
잔칫날처럼 설레고 따뜻하다

너의 미소가 내 얼굴을 빛나게 하고
내 존재가 너에게 웃음을 주는데

너가 있기에 내가 있고
서로의 얼굴을 빛나게 한다

구름 3

두둥실 저 구름에 내 마음 띄워 볼까
뜨거운 네 이름을 저 구름에 적어 볼까

구름 위로 살포시 마음을 띄워
바람에 실어 너에게 전해 줄게

하늘을 품은 너의 미소에
나의 마음이 비추어질 수 있기를

두둥실 떠다니는 구름들아
나의 사랑을 알아차리기를

높은 곳에서 너에게로 향하는
나의 사랑이 느껴질 수 있기를

구름아 내 마음을 전해 줄 수 있다면
너와 나의 사랑이 하늘을 가득
채우기를

비

구름에 꼭 채운 시

눈물로 감나무에 떨어지면
붉은 홍시가 되지

홍시를 노래하는 사연은
트롯으로* 흐르고

가벼운 구름 한 뭉치
한 뭉텅이 시가 되지

---

* 나훈아의 '홍시'(트로트)

봄비

비가 내린다
마른 가지를 적시며
보슬보슬
봄비가 내린다
당신의
속눈썹을 적시며
보슬보슬
봄비가 내린다
내리는 비는
연초록
풀잎에서 구른다
당신의
머리칼에서
방울방울
구른다
떨어진 빗방울은
땅속으로
스민다

당신의 눈빛 속으로
깊이 깊이
스민다
비가 내린다
풀잎들이
젖은 얼굴로
물끄러미
당신을 바라본다
봄비가 내린다
보슬보슬
내린다

봄비의 속삭임

봄은
햇살이 모이는 땅

기다렸던
봄비가 내린다

봄비는 꽃비다
페로몬 향 풍기는 비 냄새가 좋다

꽃비가 총각 행세를 하니
초목들이 시집갈 생각만 한다

사랑의 소나기

소나기가 오는데 빨리 뛰어가자
길이 멀지만 비를 맞으며 함께 갈 수 있는 사람이 있다
우리의 사랑은 두 손을 꼭 잡은 것처럼 강하고 튼튼하다
빗소리에 흔들리면서도 소나기에 우리의 사랑을 확인한다
소나기가 멎을 때까지 함께 있는 사람이 되어 줄래?

4월에 내리는 비

창밖으로 비가 내리는 걸 봐

비에 젖어 흔들리는 나뭇잎들과
비를 하염없이 바라보는 사람들도
비 내리는 이날엔
모든 것이 조용해지는 걸

사람들은 카페에 들어가
의자에 앉아 홀 안에서 차를 마시네
나는 가로수길 따라 걷다 비켜서서
비에 젖은 머리카락을 쓰다듬고

빗방울 하나하나가 내 옷을 적시고
비 내리는 이 순간을 간직하네
4월에 내리는 비는
차갑지만 아름다운 걸

이 비가 멈추면 어떨까
하늘은 그대로 맑게 밝아 올까
하지만 내 마음은 아직도
이 빗속에 갇혀 있네

4월에 내리는 비
나의 작은 시가 되어서
비 내리는 이 순간을 가슴에 담는 걸

바다와 함께한 삶

하늘은
한평생
바다와 살았습니다

해와 달과 별들도
한평생
바다와 살았습니다

섬들도
물고기들도 새들도
한평생
바다와 살았습니다

우리는
태초부터 가족입니다

노래가 있다

수건을 둘러쓰고
갯벌을 파며 살아온 세월로
갯바람이
이마의 주름살로
노래를 부른다

햇볕 아래 쭈그리고 앉아
지천으로 피어나는
바지락과 꼬막이
아낙의 손에서
커다란 웃음을 짓는다

구멍 속에 숨어 있는 낙지를
갈퀴 같은 손으로
끌어내면
손가락이
꾸물거리는
즐거운 감촉

가슴에서 뽑아내는
해조음의 노랫가락

갯벌의 사계

(봄, 생명의 시작)

갯벌은 봄의 햇살 아래
새로운 생명으로 가득 차오른다
작고 귀여운 게들이
모래 속에서 움트고
새싹이 돋아나는 갈대들은
부드러운 바람에 춤을 춘다
물고기들의 알이 부풀어 오르며
갯벌은 생명의 시작을 알리는
환희의 광장이 된다

(여름, 생명의 축제)

뜨거운 태양 아래
갯벌은 열정의 무대가 된다
게들은 쏜살같이 움직이며
서로의 존재를 확인하고
조개들은 반짝이는 껍질을 드러내며
여름의 축제를 알린다
바다의 파도가 밀려와
갯벌을 적셔 주고
모래 속에서 나오는 생명들은
한껏 부풀어 오르며
활기찬 여름을 만끽한다

(가을, 생명의 성찰)

가을이 오면
갯벌은 황금빛으로 물들고
갈대들은 고개를 숙이며
수확의 기쁨을 나눈다
작은 게들은 먹이를 찾아
노란 잎사귀 사이를 누비고
바닷바람에 실려 오는
가을의 향기는
생명의 순환을 다시금 되새긴다
이곳은 여전히 생명 광장
신비로운 변화의 순간들을 품고 있다

(겨울, 생명의 휴식)

차가운 바람이 스치는 겨울
갯벌은 고요한 침묵 속에 잠긴다
겨울잠에 들어간 생명들은
조용히 숨을 죽이고
갯벌의 표면은 얼음으로 덮여
숨겨진 생명들이
내일을 기다리는 공간이 된다
이곳은 생명의 휴식처
다시 봄이 오면
새로운 이야기를 시작할 준비를 한다

갯벌의 생명 광장

갯벌은 생명의 무대
난장판 속에서 춤추는 게들
거품 물고 옆 걸음질 치고
조개는 뻘 속 깊이 숨는다

간간한 바람
갈대들의 서걱거림은
갯벌을 지키는 수호자
그들의 노래가 생명을 깨우네

구멍 숭숭 뚫린 뻘 속
녹아버린 물거품의 비밀
저 깊은 곳에서 솟구치는
생명의 아우성이 고여 있다

맨발로 걸으면
미끈거리는 뻘 속으로 빠져들고
내 가슴 속에서 물고기처럼
파닥이는 생의 미소가 느껴진다

내 손끝 발끝에서
몰려오는 생의 의욕은
갯벌의 창조적 생성
끊임없이 이어지는 생명의 선율

코끝으로 스며드는
살아 있는 애착은
구멍 숭숭 난 가슴으로
밀물처럼 밀려온다
생명의 환희
갯벌의 광장에서 피어나는
모든 생명들의 이야기

가을 단감나무

가을바람은
빈곤한 삶을 살지 않는다는 계절관

런치 타임과
꼬르륵거리는 배고픔

단감나무에 주렁주렁 매달린
하늘 냄새

만추의 진수성찬
또 바람의 위장을 춤추게 한다

금목서의 향기

구월 말에서 시월 중순까지
금목서 꽃향기
시골집 마당에 가득 차 있습니다

청소년기 때부터
좋아했던
황금빛 주황색 꽃입니다

경기도에 살아도
구시월이면 심장이 쿵쿵거려
전라도로 떠납니다

샤넬 NO.5 향수의 원료가 된다는 꽃
그 향기 코에 스치면
순천 사람이라면 알 만한 향기입니다

함초

텅 빈 갯벌 여기에 모여 있는
함초를 봐

진-뻘의 소금 땅에 뿌리박은
함초를 봐

허기진 영혼의 영성으로
꽃을 피운다

짜디짠 인생살이일지라도
꽃을 피운다

함초 꽃밭

젊은 날엔
바다를 닮아 푸른 피

늦가을 황혼을 닮아가는
함초의 피는
붉은색

이 한목숨
붉게 익은 함초이거니

갯벌의 속살을 안고
꽃밭이 된다

가을 하늘의 기러기 가족

강을 건너오는 기러기들
바람 소리에 귀 기울이며

좀 더 촘촘하게 날아
무리 지어 동행한다

때로는 힘들고 가끔은 지치지만
높이 날 수 있는
뛰는 심장이 힘 있어

강화도 가을 찬 새벽하늘이여
새들을 좋아하는
구름이여 바람이여

매혹적인 말동무들이여

겨울 철새야

내 고향 순천의 하늘이다
너희들은 제3국의 이방인이 아니다
산내들 동서남북을 살피는
하늘의 눈동자처럼
무진기행 순천만 갈대밭에서
시간을 실어 나르는 순례자다

초겨울의 냄새

얼갈이배추의 냄새
김장철 절인 배추와 액젓의 냄새
무청 시래기 잎과 줄기가 마르는 냄새
하늘에서 내리는 풋눈의 냄새
벽면에 장식해 놓은 드라이플라워의 냄새
방 한구석에 울퉁불퉁 누렇게 놓인 모과의 향기
내가 나에게 독백하는 깊어가는 중년의 냄새

연해주의 가을

10년 전 그 기억의 한 조각
러시아의 극동 넓은 땅 위에
연해주의 바람이 제법 쌀쌀하게
구월의 하늘을 감싸고 있었네

봉고 차창 너머 흐린 시선 속에
한적한 들판이 펼쳐지고
멀리 나무 위를 날던 까마귀
그 깍깍거림이 내 마음을 스쳤네

구름은 낮게 드리운 채
시간은 조용히 흐르고
그곳의 풍경은 꿈처럼 남아
내 안에 잊히지 않을 길을 새기네

한강의 흐름

동쪽 태백산맥이
한강수 타령을 부르며
서쪽 서해 바다와 이어지니
서해의 물이 남해를 지나
동해로 흘러가네

우리는
동서남북으로 흩어져
얼굴 모른 채 살아가지만
우리의 발자국이
흙길을 따라 엉키고
서로 다른 꿈을 품어
물결 위에 수놓아지네

동쪽의 바람이
서쪽으로 건너가고
남쪽으로 돌아
서로를 향한 그리움이
조용히 속삭이네

한강의 물결에
우리 삶의 이야기를 담아
동서남북으로 흩어진 얼굴들이
한 줄기 강처럼 서로 얽혀
영원히 함께 흐르리라

삼청산三淸山

두견화의 달콤한 향기가
여신의 모습처럼
푸른 산맥을 밟으며 내려온다

녹음 우거진 천년 바람이
신선처럼
깊은 골짜기 안으로 숨는다

여름 숲속의 뜨거운 신화들을
이야기해 줄
순한 짐승들은
다 어디로 갔을까

갈색 눈빛으로
불로장생을 꿈꾸는
외로운 낙타 바위는
열사熱沙의 사막을 그리워하고

그녀의 이야기일까
하늘 한 귀퉁이 끌어안은
소녀 바위
햇살은 오색의 색종이처럼
쏟아져 내리는데
금빛으로 달구어진 기도祈禱
하얀 구름바다
속으로 띄워 보낸다

6

에덴에서 천국까지

아담의 고백[*]

달빛보다 빠르게
사랑은 또 다른 사랑을 피워 내고

더 가까이 다가가
나무와 바람처럼

산벚나무 붉은 잎사귀처럼
붉어지는 목소리가

땅을 헤집듯
이브의 마음을 어지럽힙니다

136

야곱*의 회한

험악한 130년 세월은
거미줄처럼 얽힌 바퀴의 수레처럼
낡고 허름해졌다
늙고 지친 짐승처럼
때가 묻었다
저녁노을이
그의 얼굴을 비출 때
이마에 접힌 굵은 주름은
말이 없고
연장자의
길고 흰 수염이
서편 하늘을 응시한다
등 굽은 피로가 몰린
회한悔恨과 한의 눈빛이다

---

* 야곱은 구약성경 '창세기 47장 7~10절'에 나오는 인물

홍해의 찬가

출애굽기 14장을 읽고

길을 가로막은 파도가
악어처럼 엎드려 있다

사람들의 눈에는 이정표가 사라지고
작은 심장은 말라가고
짠물에 젖은 맨발이구나

홍해는 졸지도 않고
어둠은 이빨이 있어
가라앉은 영혼을 물어뜯고
자유의 깃발을 비웃는다

힘없는 탄식은 어둠을 낳고
두견새 붉은 눈물이 되어
파도에 떨어져 하나의 노래가 된다

하얗게 걸어오는 신의 음성
불타는 가슴은 시퍼런 칼날이 된다

모세가
손을 내민다

하늘의 동풍이 새벽까지 분다
신의 성스러운 바람이다

룻*의 여정

1장. 마라의 쓴 물

1.
죽음과 삶 모두가
고통의 바다에 잠겨 있다
죽음에 나를
(나는 희극인가 비극인가)
삶에 나를
(나는 희극인가 비극인가)
혼잣말로 두었다
바닥의 자갈과 돌멩이가 드러난
건천으로 십 년 가뭄을 겪었다
누가 나의 맥을 짚고
지혈을 해 주길
눈물방울 목소리를 실은
요단강의 곡류천으로
흐르고 싶다

---

* 구약성서 제8권

2.
어머니
모압 땅은 이주자에게 너그럽지 못했습니다
모압 산지엔
죽음의 화살을 쏘는 나무가 자라고
평지의 도시는
가슴에 무덤 세 개를 만들어 주었으며
아르논강은
탄식의 애가를 들려주었습니다
어머니
잠에서 깨어나면 다시
떠오르는 고통의 기억이 전갈처럼 쏘고
삶의 풀뿌리도 드러나 버렸습니다

세 치 혀로
예절 바르게
사랑한다는 말이 아닙니다
더듬거리며
눈치껏
시어머니를 따라가겠다는 인사치레도 아닙니다

말벗인 동서는
고향으로 갔고
웃는 얼굴로 말하기엔
고생문이 환히 열렸음을
저도 알고 있습니다

하지만 어머니
어머니의 고국으로 따라가고 싶습니다
어머니의 백성이 나의 백성이 되었고
어머니의 하나님이 나의 하나님이 되었습니다
두런두런 이야기하던 모압 환상이 깨지고
터벅터벅 떠나는 그 영혼의 길의 시작엔
사해 너머 베들레헴이 보이고
그곳엔 이웃사촌과 성읍이 기다리고 있겠지요
어머니와 함께할 그곳에서
저도 영원히 머물고 싶습니다

2장. 룻

뒷전에 서서
빈손으로 이삭을 줍고 있다
이삭들은 말이 없다
한 발 한 발
내디디며
마른 이삭들이
밭에 떨어지는 것을 본다
떨어지는 것들은 아름답다
떨어지는 소리들은
머릿속에서
우루루루 울림이 있다
이삭들은 빵이 될 것이다
이삭을 흘리며 시치미를 떼는
추수꾼의 흥미진진한 눈도
땡볕의 짓궂이도 아름답다

3장. 보아스

고목 같은 가슴
한쪽에 달빛이 차오른다
춤추는 무희처럼
야들야들한 울렁증
낮보다 더 진한
타작마당의 보리 냄새
누구에게나
비밀은 있다
분홍빛으로 감춰진 마음
슬며시 눈을 감고
누군가를 생각한다는 것
신경 쓴다는 것
석상인 듯 누워 있는
숨소리만 들리는 밤이여

4장. 결혼

어색한 짧은 대화
장사꾼처럼
자초지종을 나눴다
손사래를 치며
신을 벗는 아무개여
고마워라
천천히
비단부채를 휠휠 부치며
살짝 올라간 입꼬리를 감춘다

인생 2막의 잔치
테이블 위엔
뜨거운 차와 찻잔
은수저들이 놓이고
한쪽에선
젊은 여인을 바라보며
큰 그릇을 만들라는
노인들의 덕담이
누구라도 아는
축하연의 선물이 되었다

느헤미야의 회상

1장.

고향 땅에서 불어온 바람이
불덩이를 삼켰다
가슴이 팥죽처럼 설설 끓는다

2장.

바람이
살풀이춤으로
죽은 영령들을 위로한다
칼날에 이슬처럼 스러진
코흘리개 꼬마
아녀자 노인
젊은 군인들의 기침 소리가 사라진
돌무더기로 흩어진 성벽
숯덩이로 놓인 성문 위로
은가락지 같은 달이
구름을 헤치고 나오고

풀벌레들이
상주처럼 운다

유령처럼
그늘진 곳을 찾아 디디는 발
떨리는 수염
움켜쥐는 빈주먹

지난날 이곳에선
풍악 소리 높이 울렸고
콧노래와 함께 농사일을 했으며
가축 떼를 길렀고
고운 비단 잠자리에서
하루의 피로를 씻었다
이제는
바람에 실려가 버린 애가
달빛에 술 한잔도 없이
가슴 한구석 텅 빈 사내가
문상객처럼 서 있다

3장.

훅훅 더운 열기를 몰고 온
이 땅의 수호 전사
용암이 흐르는
그대의 눈빛에 빠져든다

우리의 몸 안에는
하늘에서 내려온
신성한 불길이 돌고 있어
칼과 창과 활을 든 손에
돌을 나르고 쌓는 손에
힘을 준다

서너 개쯤 사연 많은 아픔이 없겠는가
칡넝쿨처럼 질긴 손으로
가슴 속에 성벽을 쌓고 쌓아
맺힌 슬픔이 녹아내린다면
지문 닳아 없어진 손금이라도
좋지 않으랴

4장.

거머리 같이 달라붙는
저 원수들의 중얼거림을 듣는다
밀짚대나 지푸라기처럼
퍼석거리는 자
그들의 혓바닥에서
독이 묻어 나온다

비웃음의 덫
흘기는 눈길
촛농처럼 녹을 목소리

찬바람을 몰고 온 겨울 나그네는
산수유 꽃피는 동산에서
울게 하소서
찬서리에 떠는
풀잎이게 하소서
오랜 세월에 풍화되어 삭은
분노이게 하소서

5장.

형제의 눈 깊은 곳에 흐르는
강물 소리에
고개를 외로 돌리고
풀풀 흙먼지 날리는
텃밭의 풀뿌리까지 캐어 먹느냐
빈대떡 하나 나눠 먹지 못하고
소쩍새 울음 섞인 얘길 듣느냐?

6장.

물어뜯고 할퀴는 야수의 눈빛이다
어둠 속에선 비수
밝은 곳에선 모래바람
올 때는 회오리바람
갈 때는 태풍의 목소리로
눈과 귀에 다섯 번이나 울린 뇌성

7장.

하루에 천 리를 달린 말처럼
땀 흘리고
목마른
산봉우리처럼 우뚝 솟은 이름들
동쪽에서 해가 솟고
서쪽으로 달이 기울어진
오십이 일 동안
빛이 났던
절벽 같은 얼굴들

8장.

흙 피리 소리 같은 그 음성에
가슴 밑바닥이 터지는 울음보
남자의 눈물과 생각은
여자의 눈물과 마음은
졸졸 흘러가는 작은
실개천이 되고
그 곁에서 조그맣고 여린 풀잎이 되고
토닥거려 주는 당신의 바람 같은 손길을 보고

9장.

광야의 기억을 간직한 채
지하수로 흐르다
퐁퐁 옹달샘으로 솟구치던
그 목소리로

엄마의 손에 이끌려
뒤뚱뒤뚱
밥숟갈 들고 아장거리던
그 목소리로

10장.

어깨걸이를 하고
주사朱砂처럼 붉은 마음으로
고개 숙여 언약의 도장을 찍는다

11장.

예루살렘에 둥지를 튼 사람들은 복이 있나니
하나님의 도성이 저희와 함께 함이요
하나님의 눈길이 저희에게 머물 것임이라

12장.

성벽 위를 발바닥으로 밟는다
나비처럼 사뿐사뿐
경복궁 터 다지듯
장구치고 꽹과리 치고
정월 초하룻날 집 터 다지듯
잔치국수 말아먹고
덩덩덩 덩 따 쿵따
더덩 더덩 쿵 따

13장.

재래시장 한 귀퉁이
콩나물장수가
독에서 한 움큼 콩나물 뽑아내듯
솎아 낼 것은 솎아 내는데

안식일에
귀가 열리고 눈을 떴어도
성전의 뜰을 밟지 않은 것
안식일에
훅 불면 날아가 버릴
물건을 사고파는 것
안식일에
하늘의 창고를 채우지 않고
십일조를 잊어버린 것

에스더[*]

1장. 달의 그늘

제국의 부귀영화는
고대의 자그로스 산맥처럼 높고
티그리스강의 정기를 받은 눈동자와
목소리들이 포도주에 잠겨 붉다
그 붉음 속에 감춰진
슬픔과 기쁨의 역사가 흐른다

제국의 하늘을 날다가
날개 잘린 봉황
허브 향기의 목소리가
그믐달로 기운다
하늘의 시기時期
숨죽인 바다의 파도는
그리움의 노래를 부른다

---

[*] 구약성경 17권

2장. 결혼식

혼인 축하의 연회
신神의 길라잡이에 이끌린
분수 넘치는 인연의 굴레
푸른빛 휘장이 둘러쳐진
청백지신青白之身의 처녀성
미美와 지知와 예禮의 화신
미스 페르시아 퀸
그 아름다움 속에 숨겨진
불안한 미래의 그림자가 다가온다

숭고한 신념이
어떻게 되리라는
감춰진 전조前兆의 밤인가
신神과 얽히고설킨 사랑이여
우리를 어디로 인도할 것인가?

3장. 모르드개 : 불꽃놀이의 서사

위험한 불꽃놀이는
시작되었다

아수라 같은 하만
비열한 그의 욕지거리
어둠의 눈빛으로
물어뜯는 하이에나다
그의 앞에 서 있는 나는
무너져 가는 성처럼 떨린다

어디에 서 있는가
푸줏간에 매달린 갈고리에
꿰어진 고깃덩어리처럼
파리해진 영혼
죽음의 예고
눈만 감으면 떠오르는
검붉은 피의 연못의 환상

해가 질 때부터
해가 뜰 때까지
잠들지 못하는 사람들
미친 분노의 불길이
통째로 태우지 못하도록
홍해가 열리게 하소서
하늘에서 비를 내리소서

불타는 가시덤불 속의 모르드개

4장. 에스더

지금은 울 때라고 말하는
당신의 목소리에는
피가 묻어 있습니다
모란꽃 같은 얼굴
입술의 장식 제거하고
목의 금줄을 풀고
비단옷을 찢는 소리

갈림길에서
죽으면 죽으리라
사흘 밤낮
슬픔의 바닥에서
쪽잠을 자며
영혼의 눈동자는
나비 되어 하늘로 날아가고
옷자락에 젖은 푸른 달빛
두 손 모은 손그림자

진정으로 사랑했던
진정으로 미워했던
눈물로 쏟아지는 것들 사이
설핏 든 잠
못된 꿈에 소스라쳐 일어나면
갈래꽃처럼 갈라진 가슴
사랑은
찬 서리를 맞고도
향기를 내뿜는
야생국화로 피었습니다

5장. 투혼

눈에 결연한 불꽃을 담고
생이빨을 몽땅 뽑으려는 하만
그에게 사탕 하나 빨게 한 잔치
하지만 그 속에 숨겨진
어둠의 음모를 알지 못한다

똬리를 트는 투혼
미소는 얼음꽃으로 피고
검劍이 되어 적을 향해 나아간다

6장. 반전

푸른 달빛에 숨어 있던 그림자가
길게 드러났다
먼지 덮인 역대 일기에서
희미하게 잊히던 그림자
이제 다시 기억의 끈을 잡고
세상에 모습을 드러낸다

춤추는 바람이
오색의 천을 나부끼며
삼현육각을 앞세운다
한편의 블랙 코미디를 보는
길거리 행인들
비극과 희극이 교차하는
이 순간이 너무도 쓸쓸하다

7장. 몰락

하늘 위에 또 하늘이 있음을
권력자는 보았다
머리 위 저 높은 곳에서
내려다보는 커다란 눈
그 눈은 모든 것을 꿰뚫어 본다

웅~ 웅~ 소리 지르며
몰려오는 황톳빛 홍수를 보았다
그 눈이 그 소리가
너무 무서워
권력자의 손발이 벌벌 떨린다
이제 그의 성은
어둠 속으로 점점 사라져 간다

8장. 폭풍전야

영혼을 깊이 빨아들이는
심연의 어둠 속으로
사라져 갈 얼굴들인가
어제저녁엔 무엇을 먹었나
아침엔 다시 만날 수 있을까
남편과 아내와 자식들
살아 있지만 살아 있는 사람으로 보이지 않는다

그들의 눈 속에 담긴
불안과 두려움이
이 시대의 그림자를 드리운다
폭풍이 불기 전
모든 것이 정적 속에 잠들어 있다

9장. 도륙

벌겋게
활활 타는 장작불 마음
거칠어진 목소리와
위험한 적의 기세에 맞서
뼛속까지 죽음의 사신이 된다
지옥의 불꽃에서 나오는
시퍼런 전율
붉은 울음소리로
서슴없이 칼춤을 춘다

이제는 더 이상
눈을 감지 않겠다
끝없이 이어지는 전투 속에서
자유를 향한 갈망이
불꽃처럼 타오른다

10장. 갈무리

한바탕 어지러웠던 회상의 강가에서
제국의 중심에 선 두 다리
오늘과 내일은
반짝이는 사금들
과거의 아픔을 딛고
새로운 내일을 향해 나아간다

어둠 속에서도 빛을 찾고
사랑과 용기의 힘으로
우리는 다시 일어설 것이다

욥기 1장

꽃잎처럼 땅에 떨어져
아픈 사람
고통이 스며드는 순간들

실핏줄까지 허연 서리 맞아
아픈 사람
흔들리는 몸 슬픔의 무게

눈이 되고
손발이 되었던
아내의 가슴까지 슬펐던 밤
어둠 속에서도 빛을 잃지 않기를

욥기 30장

살을 에는 바람
북반구와 남반구의
오로라의 눈빛 같다

한 곳만 바라보는 눈
물어뜯는 눈
심장이 비명을 질렀다

내 수금은 통곡이 되었고
내 피리는 애곡이 되었구나

욥기 38장

영혼을
텅 빈 하늘로 던지고
육신은
땅에 누이고 싶었을 때

여호와께서 욥에게 하시는 말씀

욥기 42장

회개의 빗자루로 마당을 쓸듯이
흑암의 기억들을 쓸어 내고
난민처럼 나누었던
울음과 웃음
어둠 속에서도
빛을 찾아 헤매고
무너진 마음의 조각들을
하나씩 껴안으며
다시 일어설 수 있기를

우상의 눈짓과 기억

묵은 포도주와
새 포도주의 향취

상수리나무 아래
그 그늘을 사랑하는

너희 자녀들과 친구들이
가까이하는 이곳

우상의 눈짓은
사랑하는 이의 눈빛처럼 부드러운가
우상의 호흡은
사랑의 향기처럼 따스한가

우상은 나를 기억해
내 모습과 체취
말투와 몸짓까지
너무나 잘 알고 있지

오래된 습관과
사상 취미
희로애락의 얼룩까지
내 안에 깊이 새겨졌어

내 혈관 속에
우상의 기운이 흐르나 봐
나와 함께 얽혀 있는
그 기억의 속삭임

베드로, 물고기와의 만남

누가복음 5:1~11을 읽고

베드로는 갈릴리와 입맞춤했네
붉은 햇빛과 검푸른 호수
그가 잡는 물고기들에게

소박한 시골 사투리는
그가 태어나고 자란 땅의 선물이었네
수염은 키 작은 덤불처럼 자라고
곰의 앞발 같은 팔뚝을 가졌네
남북으로 오십 리가 넘고
동서로 삼십 리의 호수는
파도 소리가 마치 하프 소리 같고
배를 타고 어디에 있든지
그는 깊은 물속까지 볼 수 있는
푸른 천리안을 가졌네

밤이 되면 호수 위로 불어오는 바람은
불같은 그의 성격을 닮은 듯
나뭇가지들을 흔들고
새벽까지 벌떼처럼 윙윙거렸네
그는 바람의 아들이 되어
밤새도록 호수 밑바닥까지
두 손바닥으로 더듬었지만
비지땀만 흘리고 말았네
호수 안은 텅 비어 있는 듯
힘들게 빈 그물만 걷어 올렸네
꿈을 실은 배는
멍텅구리처럼 떠 있기만 했고
피곤은 핏발이 선 눈동자로
적군처럼 몰려왔네

불청객이자 친구이자 스승처럼
그분이 찾아왔네
마치 추운 밤에 야근하고
속 쓰린 위장에
뜨끈뜨끈한 해장국처럼 왔네

호수의 이마를 짚으며
깊은 데로 가서 그물을 내리라는
그 말씀이 파도가 되어
허리띠 동이고
깊은 곳으로 가서 그물을 던졌네
아아 온몸에 소름이 돋도록 끌려온
갓 잡아 올린 퍼덕이는 물고기들

당신은 누구길래
내 가슴 속절없이 뛰게 하십니까
호수 같은 그 눈빛
코에 진하게 스며들던
더덕 향기 같은 그 말씀이
심장은 종이 되어
뎅그렁뎅그렁 울리고
"나는 죄인입니다. 나를 떠나소서"
스스로 무릎 꿇고 말았네

응달 숲 이끼에 숨겨진
돌멩이 같은 베드로
사람 낚는 어부로
두 눈에 불을 켜고
꺼지지 않는 희망의 등불로 빛나게 되었네

사마리아 여인*

우물가에 놓인
여인의 품 같은 물동이

물동이에 고인
머리에서 가슴까지 바다 같은 목마름

영혼의 물동이에 담기는 시편 같은 목소리
그 안에 숨겨진 진실 메마른 가슴을 적시는....

---

* 사마리아 여인: 요한복음 4:3~29절에 나오는 인물. 예수님과의 만남
  (Encounter) 후, 극적으로 그녀의 삶이 변했다고 생각됨.

수로보니게 여인*

자식을 사랑함으로 받는 상처
부서진 그릇 같은
어린 딸을 향한
집념

털이 곤두선 개처럼
자식보다 더 아파하는
슬픔을 품은
모성

작은 만남조차도
마음과 영혼에
소중히 담아 두는 당신 앞에
이제껏 살아온 슬픔을 씻기 위해서는

당신의 옷자락에
착 달라붙어
떨어질 줄 모르는
도꼬마리의 몸부림

---

* 수로보니게 여인: 마가복음 7:24~30절에 나오는 인물. 귀신 들린 딸을 고
  쳐 달라고 체면 불고하고 예수님께 매달린 모성이 지극한 여인.

아버지와 두 아들 : 돌아온 탕자의 이야기

(1) 눅 15 : 11~16

어떤 아버지에게 두 아들이 있었다
둘째 아들은 아버지에게 유산을 요구하여
아버지는 그를 위해 유산을 나누어 주었다
둘째는 먼 나라로 날아가
풍류와 방탕 속에 빠져들었다
하지만 돈은 바닥이 나고
빈껍데기처럼 쓸쓸해졌다
고향의 아버지는 그를 그리워하며
마음이 아팠다
둘째는 노랗게 익어가는 과정의
탱자나무 신맛의 열매였다

(2) 눅 15 : 17~24

그의 이름은 잊힌 꿈처럼
깃털 빠진 초라한 새가 되어
더부살이를 하며 비웃음의 대상이 되었다
그는 바닥을 치고
늦가을의 마른 풀 같은 가슴팍을
쥐어뜯었다

(3) 눅 15 : 25~32

맏아들은 든든한
집 안 가구 붙박이장이었다
등뼈가 튼튼한 성실한 아들이었다
맏아들은 여러 해 아버지를 잘 섬겨
명을 어김이 없었다

둘째가 고향으로 돌아왔다
낮은 포복으로 꺾인 고백
"하늘과 아버지께 죄를 범했으니
품꾼의 하나로 써 주소서"

아버지는 기뻐하며 품에 안았다
"죽었다가 살아난 아들"
아버지의 사랑은 변함없었다
좋은 옷과 신발과 반지와
풍악과 송아지 고기 밥상
노을처럼 깔려 있는 아버지의 웃음

하지만 맏아들은 동생을 바라보며
미움과 질투로 가득 찼다
"어떻게 다시 돌아온 거냐?"
미움의 돌팔매질 갈등이 일었다

아버지는 두 아들을 바라보며
사랑의 눈빛으로 감싸 안았다
미워하더라도 동생을 느낄 수 있다면...
서로의 마음이 물결처럼 섞일 수 있다면....

살로메의 춤*

죽음은 노래로 변했다
죽음은 리듬을 타기 시작했다

죽음의 기술을 배운
팜므 파탈의 유혹 살로메

커튼콜 박수 소리는
음모陰謀의 한 부분이 되었다

바라는 모든 것을
속삭여라

헤롯왕의 피처링featuring은
법이 되고
칼날로 변했다

춤은 거래가 되었다
춤은 독이 되었다

---

* 마가복음 6:14~29절. 유대 왕비 헤로디아의 딸. 의붓아버지 헤롯왕의 생
  일 때, 많은 귀빈과 왕의 앞에서 춤을 추어 그 상으로 의로운 세례자 요한
  의 목을 베어 달라고 하여 그 목을 얻었다.

달리다굼

이승의 마지막 문 앞
혈색은 창백한 흰 종이
가쁜 숨으로
종이학으로 날다
땅으로 떨어진다

상처 입은 바람에 몸을 맡기고
껑충 뛰어들어
한쪽 금단의 땅으로
쓸리는 바람에
입맞춤하지 않는 하늘

달리다굼!

온화한 목소리로
꼬여든 어둠을 흩어낸다

어둠 속에서
살며시 눈을 뜨는
작은 새
석류알처럼 빛나는 두 눈

새 하늘과 새 땅의 노래*

지도에 없는
새 하늘 새 땅
그곳에서는
영혼에 곰팡이 슬은 사내
허깨비 같은 사람들이
뒷걸음치는 곳
죽음도 병도
이별의 아픔도 없는 곳
추위와 더위가 사라져
두툼한 솜옷도
보드라운 비단옷도 필요 없는 곳
야윈 노숙자와
비가 새는 폐가가 없고
잠을 자지 않아도
편안한 쉼이 있는 곳

은하수처럼 널리 퍼진
흰옷 입은 무리가
하나님과 어린 양과 함께
길거리 악사처럼
노래하고 춤추는 곳

보고픈 사람들과 만나
국화꽃과 금목서
온통 꽃향기로 가득한
하늘 수목원을
산책하는 곳

그곳에서는
햇빛이나 달빛이 없어도
대낮처럼 밝고
코스모스와 억새가
화평선을 이루고
맑은 생명수의 강이
고요히 찰랑이는 곳

---

* 계시록 21:1~22:5절을 읽고 천국을 상상하며 쓴 시. 천국에 가면 보고픈 사람들을 많이 만날 수 있다는 즐거움과, 내가 좋아하는 꽃향기에 흠뻑 취하리라는 상상은 성서의 내용과는 다를지라도 그저 즐겁기만 하다.

부활의 여정

우리의 십자가로 함께 가자
가시 십자가에 찔린 백합화가
불어오는 바람에 몸을 맡기듯
우리는 믿었다
끈질긴 십자가의 믿음을
미래가 불투명한 곳에서도
하늘의 소망을 향해 나아가자

우리의 천국으로 함께 가자
썩는 죽음에서 영생으로
슬픔의 흉터가 빛의 날개가 되는 곳으로
승리자의 외침은 강하다
나는 길이요 진리요 생명이다
나는 부활이다
영원한 생명으로 나아가자

에녹*

그는 우리보다 일찍 일어나지 않았고
우리보다 늦게 자지도 않았다
내가 자고 깨는 모든 순간이
그를 따르려는 마음이었다
그는 마치 큰 바위 얼굴처럼
거울 같은 존재
그를 만나 함께 걷는 것이 즐겁다

---

* 에녹: 창세기 5장 21~24절에 나오는 인물. 삼백 년을 하나님과 동행하며
  살았는데, 그는 사라졌지만 자신의 삶에 충실했던 그의 삶은 우리에게 삶
  의 충실함과 신앙의 깊이를 상기시킨다.

사무엘*

빙빙 맴도는 것
무엇이 가슴속을 어둡게 하는가

사울이 블레셋과 싸울 때
군대가 포위되고
그를 따르던 군인들은 모두 떨고 더러는 달아나고
선지자 사무엘은
이레 동안 기다려도 오지 않고 바람 불면 뒤집어지는
비닐우산이 되어
크로스바를 넘어가는 축구공 같은
성급한 제사
살 속에 박힐 줄을 알면서도 사금파리를 밟는다

회오리바람으로
채찍을 들고 온 선지자
침이 마르는 사연을 듣고도 마침표를 찍는
서슬 퍼런 나무람

주님의 손가락에 맞는
금반지 같은 사람
이스라엘의 집에 모퉁이 돌로 삼을 자
담을 넘어가는 무성한 가지 같은 국가의 번영을 노래할 자
칼과 방패가 되고
양 떼를 노리는 사자와 곰을 쫓아내고
아름다운 수금 소리로 악한 영을 쫓아낼 자
무릿매에 쓰일 단단한 돌멩이를 찾아
동서남북을 바라보고
태곳적 산맥 같은 자를
찾아나서는 사무엘

---

* 사무엘: 이스라엘 민족의 영적, 정신적 지도자. 사무엘상 13~17장을 읽고 씀.

어느 백부장*의 믿음

그는 강이었다
깊은 강이었다

단 한 번의 만남으로도
당신이 날 믿어 주는 그만큼이나 당신을 믿는
두리번거릴 줄 모르는
세차게 도리질할 줄 모르는 그리하여
사람을 놀랍게 하여 일어나게 하는 강이었다

남한강과 북한강이
두물머리에서 만나
손에 손 잡고 한강이 되어 흐르듯
나도 그와 손잡고
천 리라도 만 리라도
흐르고 싶은
깊은 강이었다

---

* 어느 백부장: 마태복음 8:5~13절에 나오는 인물. 사람을 사랑할 줄 알고,
  순도 백 프로 믿음의 소유자, 절대 순종의 모델이 될 수 있는 사람으로 그
  의 믿음이 놀랍기만 하다.